品性でも磨いてみようか

ほしのゆみ

Yumi Hoshino

MEDIA FACTORY

まえがき

それはこうして始まった

世にあまた出ている品格本
すたれた感はあるもののいまだ売れておる
パァァァァァ
2008年までギリギリいけると思う
パートまんが家のおまえでもそこそこいけるかもしれない
品格本をかくがよい〜
生々しいです
という神（編集）のおつげが（昼寝中電話でたたき起こされて）あったのだがどうしたらよいか
結婚13年目のオット（サラリーマン）東京都出身
誰に説明を？
品格と言われても
う〜ん…
笑う奥さん
ダーッ
ハッハッハッ
歩く奥さん
ドカドカ
眠る奥さん
ゴゴッ
太る奥さん

最後、全然関係ないだろうがぁ〜〜？
遠い 遠い 品格 遠い
そーなのよ 遠いのよ…
フー
まあ〝品格〞っていうとなんか格調高いというか遠い感じするけど
要は心の持ちようのことなんじゃない？
思いやりとか気配りとかさ
そ、そーね!!
良いこと言うわあ〜
そんな感じのスタンスならなんとかいけそうな気がする〜！

じゃ、まあ頑張って！
ポス
後に〝品格〟はやっぱり言い過ぎかなーと思い
〝品性〟にしてもらう
ま、いいでしょう
へへ～
こうして品性を磨く道のりがはじまったのです
オー

目次

第1章

読書編

第1回「ブックカバーの君」

最近は本屋さんでもブックカバーをよく見かけるようになりましたね。
いちいち付け替えるのが面倒くさ……ゴホッゴホッ！

ブックカバーで
エレガントに…
リルケとか
読んでる風に
読んで
ないけど

いいえ、品性を磨くには一手間かけることが大切なのです。

シンプルなブックカバーに、貴女なりのワンポイントを。

通勤電車やランチタイムに読書をする貴女を見た殿方はきっとこう心の中で呼ぶことでしょう。

「パンダの君……」

（パンダシールをつけていた場合）

そこから素敵な出会いが生まれるかもしれません。

さあ、レッツブックカバー。

第2回
「わたしの読書タイム」

お風呂に本を持ち込む……ノン！
〝優雅な読書タイム〟です。

上質な
バスタイム
落下には
ご注意下さい…

せっけんの香りに包まれながら
品性と体を磨きましょう。

ボディーをウォッシュする際は優しくタオル
に包んで。
この一手間を惜しむと、大切な貴女の本が
へろへろになりかねません。

バスタイム専用ブックもあるけれど
あれは何かこう……
質実剛健な様相なので……
ユポ（選挙の投票用紙にも使われる合成紙。
耐水性がある）で素敵な本が出たらいいです
ね。

第3回「本の花園？」

読書はいいですね。
知性や教養、雑学の入口となってくれます。
品性の礎となってくれるであろう本を

ついつい手当たり次第に買ってしまいます。
するといつのまにか……

品性とはほど遠い魔窟が出来上がって？

高校の教科書（世界史・日本史）が未だに捨てられない（卒業してから全く読んでいない。いつの日か読みたくなる気がしている）ワタクシ……

いえ、限度。物には限度がございますね。
限度を知ることも品性のひとつ……
せ、整理整頓いたしましょう！

第4回 「女性にやさしい本」

最近は携帯で小説を読んだり、マンガを読んだりできるようになりましたね。

しかし、なんというか、改行が多いので作家さんの意図するテンポでないような気もするのです。やはり本の形で読みたい。

しかしながら、京極夏彦先生のご本などは

女性の手首に厳し……ゴホッゴホッ

富士通が開発している電子ペーパー（※）は
限りなく紙に近い電子媒体で
パウチした紙のような感じだそうです。

これが2枚で本の形（見開き）になっていて
ボタンでページがめくれたら完璧……！
近い未来に、ステキ女子の必須アイテムと
なることを願っております。

（※）電子ペーパー
紙のような扱いやすさを持ち、省電力で、しかも自由に書き換えができる新しい電子メディア。薄い、曲がる、軽い、といった紙のような性質と書き換え時以外は電力を必要としない低消費電力性により、柱広告や中吊り広告など公共の場所で利用した場合のメリットも高く、また、携帯機器と連携する見やすく便利な表示機器としても利用が可能。

第1章　読書編 END

第2章

暑気払い編

第1回「UVケア」

夏真っ盛りでございますね。
女子の敵、ＵＶがサンサンと降り注いでおります。
そんな夏の日の出来事です。

**前方から、
バイオハザードが**

ここはバイオハザードレベル3かと思わせる

ような防護マスクをつけた方が。

い、いえ！お気持ちは痛いほどわかります！
買い物袋を提げて、日傘がさせるか！
ということもあるでしょうし、お肌が弱くて
クリームが塗れないのかもしれませんし。

UVがカットできて、街で遭遇しても周りの
人がぎょっとしない、となると、つばの広い
帽子でしょうか。
つばの広い帽子……ド、ドレスに合いそうで
すね！
実用と品を両立させるのは、なかなか難しそ
うです。

第2回「お盆休み」

ご先祖様が帰ってくるというお盆。

お盆といえば、交通渋滞、ナスとキュウリ、
五山の送り火、盆踊り……
そんなイメージですが

中は汗だくでも涼しげに…
ピーヒャララ～
ドンガドン

8世紀頃にはすでに、夏に先祖供養を行うという風習が確立されたと考えられているそうです。

ト、トラディショナルー！

まだまだ夏真っ盛りの暑さではありますが、実はもう立秋も過ぎ、暦の上では秋なのですよね。

移りゆく季節を感じることは貴女の内面を磨くことに一役買うでしょう。

さあ、レッツボンダンス！

第3回「スイカの食し方」

夏と言えばやはり、はずせないのはスイカ。
赤！緑！黒！の配色がなんとも清々しく美しい西の瓜でございます。

しかし、なかなか難しいのが種。そう種の取り出しです。
口の中から物を出すのは、ちょっぴり恥ずかしい……

「飲む」という選択肢もありますがそうしますと、恐らく殿方から

ワイルド

といった想定外の評価をうけてしまいそうです。

うーん、スイカの種はププッと出すのがマナーだと割り切りたいところですね。日本の夏。

そうもいかない乙女な貴女には「たべやすいか」(ヨーカドーブランドの種なしスイカ）という商品がオススメ。

年々売り場が減少して……ゴホッゴホッ！

スマートにスイカを楽しみたい時はお試しアレ！

第4回「線香花火」

夏休みも、もうすぐ終わりですね。
学生の皆様、宿題は順調ですか?
ワタシは31日に日記を全て創作。
鼻血を出した過去があります……

閑話休題。

夏の終わりは、線香花火でしめたいものです。

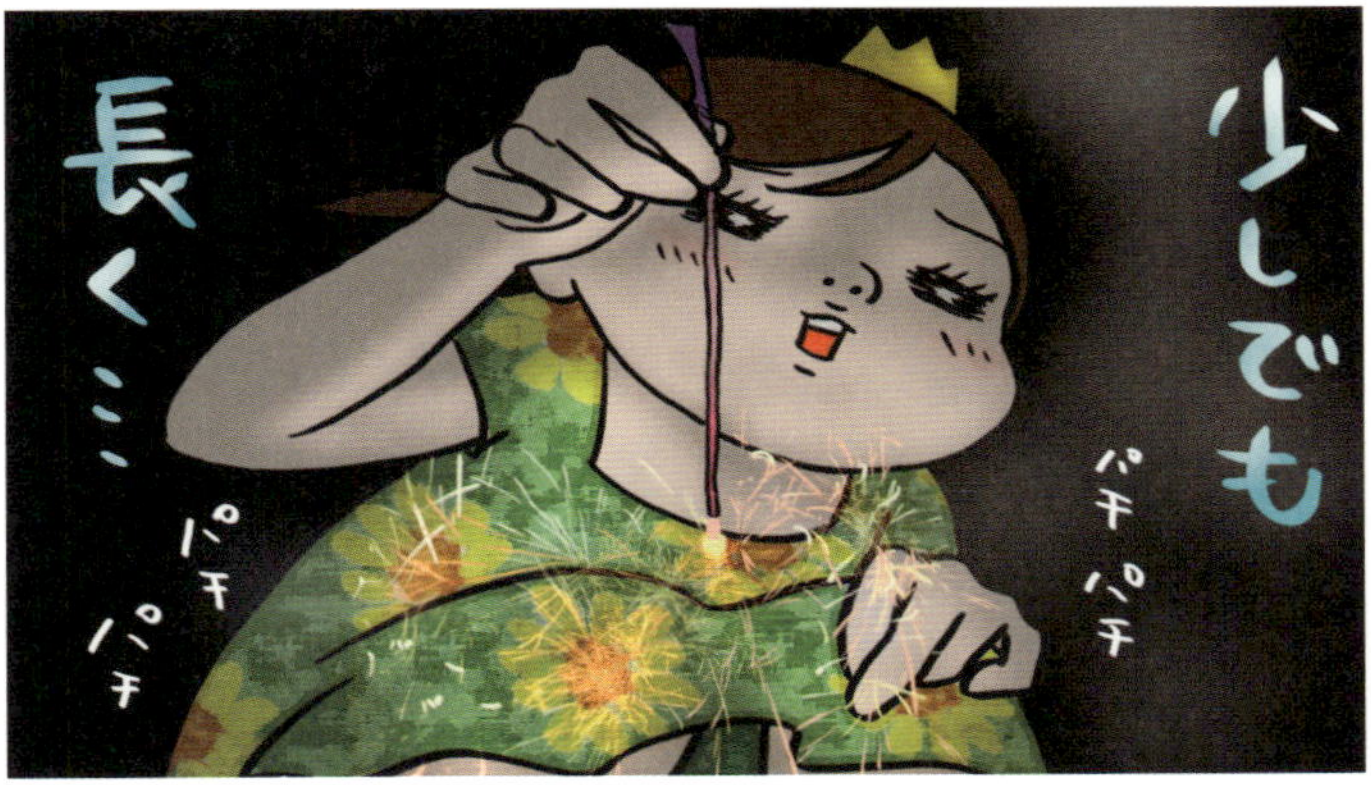

線香花火のはじめから終わりまでの変化を「牡丹」「松葉」「柳」「散り菊」と表現するそうです。

う、美しい。美しすぎる……！

線香花火の儚い情緒を感じる心は貴女自身も美しくさせることでしょう。

今はネットで純国産線香花火などを手に入れることができますね。高い物は1本100円ほどしますがたまには最高の贅沢を味わってみるのもよいのではないでしょうか。

第2章　暑気払い編 END

第3章

ファッション編

第1回「T・P・O」

ファッションにおける品性というのは、なかなか難しいものです。
ファッションはいつも流動的だからです。

好きな格好ができるというのは、とても楽しいことですね。

要は、場所柄を考えればよいのではないでし

ょうか。

品性を簡単に言うなら「相手に安心感を与えること」とも言えると思います。

場所柄に、あまりにもミスマッチだと周りの人をギョッとさせてしまうでしょう。

それは最新ファッションでも、伝統的な格好でも同じです。

楽しむところで楽しみ、引き締めるところでは引き締める。

ＴＰＯに合わせたファッションをエンジョイすることが貴女をより美しく見せてくれることと思います。

第2回「匂い立つ女」

人間の体というのは、とにかく慣れるように
できています。

鼻は特に、嗅覚疲労というのがありまして他の五感と比べて、すぐにマヒするようにできています。

お、お姉さん、香水つけすぎです……

多分「極端」なところで品性を感じるのは難しいと思います。

匂いに限らず外見や内面も含めて。

けれど、最初に言ったように、必ず「慣れ」がありますので、時折ふりかえってみるのが肝要かと思います。

いえ、それが難しいのですが（笑）

第3回「おしゃれは足元から」

おしゃれは足元から。
なんて言葉をよく聞きますね。

これは靴の数や値段というより、
お手入れを重視した言葉なんだと思います。
良い物を大事に長く扱って……

正直に、今のワタクシの嘘偽り無い気持ちを
申し上げてよろしいでしょうか。

い、一番後回しです……！

人と会う時は、まず顔（メイク）、髪形、爪、そして服。色や雰囲気を合わせてバッグ。そして最後の靴は、正直、つっかけてダッシュ。

服や靴は新しいものを買って誤魔化す感じであります！

恐らく上の言葉の裏に隠されているのは「余裕」ではないでしょうか。日々漫然と暮らすのではなく、「余裕」を「作り出す」。そこに上質な品がきっと生まれるのです。わかってはいるのですが……精進いたします……

第4回「見た目と中身」

一人一人の背景がなんとなく見えてきませんか？

中身は同じで、ファッションを変えただけですが服装が与えるイメージというのは、大きいと思います。

そして、本人もいつの間にかファッションに適した行動を取るようになっていることでしょう。

イメージして下さい

ワタシが家の中でよく着ている服は、タオル地のワンピースでして、これが気持ちいいんです。

着脱も楽なので、ついつい……

体のラインも楽な感じに――!（号泣）

服装は行動を、行動は貴女を作ります。
貴女の今のファッションはどうですか?
他人に与える印象はどうでしょう。
岡目八目で、自分のことほど意外に見えていないかもしれません。

第3章　ファッション編 END

第4章

言葉編

第1回「言葉遣いというギャップ」

品性で言葉編……

そんなもん良い方がイイに決まっているので

色んな角度から攻めてみたいと思います。

先日、取材でお会いした出版社のAさん。

ポヤンとした感じの可愛い女性だったのです

が連絡で頂いた電話が、あまりに完璧だった

のです。

ＮＨＫアナウンサーと言われれば、やっぱり!?と納得できるほどに１００点満点。

「えっと、Ａさん……ですよね……？」と確認したほどです。

こういった社会的な言葉遣いは訓練と経験で身に付いていくものだと思いますがきちんと使いこなせるのは、ステキです。ちょっと恋しかけました。

〝憧れの君〟になる第一歩は言葉遣いからです。

第2回「声美人は七難隠す」

人の印象は、言葉遣いでずいぶんと変わるものですが重要なポイントの一つは声。声の質と抑揚だと思います。特に男性は、声が非常に有効な武器と言えます。

ステキな声というのは、その人のイメージを3割……いや、4割アップさせる……！

例えば、俳優の佐藤浩市さん。
女性の支持が大変に高い方ですが（ワタシと同年代の女性は、もれなくメロメロです）あの方の最大の魅力は声だと思います。

声の出し方は、幼少期の環境に影響されると

テレビか何かで聞いた気がしますが（うろおぼえでスミマセン）ガンダムのアムロの声マネをする芸人、若井おさむさんは声マネをしているうちに、もとの自分のしゃべり方がわからなくなったと言っていました。

つまり……訓練できる！のでは!?
恐らく男性が思っているよりずっと、女性は声に弱いです。
心地よく鼓膜を響かせてくれる声を体得すれば魅力アップは間違いなしです。

どうでしょう、磨いてみては。
品性というか、声ですけども。

第3回「言霊」

言霊（ことだま）
大雑把にいうと、良い言葉を発すると良いことが起こり悪い言葉を発すると悪いことが起る、という考え方です。

霊的なことはさておき、あると思います。
脳みそは簡単に自分を騙しにきますから。

写真に撮られた自分は、

何故あんなに横幅が？

おかしい！鏡ではそこまでじゃないのに！
アタシ写真写り悪い！
と思うのも脳の補正機能と申せましょう。

話がそれましたが、それほど思いこみに
左右されやすいということです。

悪い言葉で埋め尽くされた日常は「それが通常である」と脳が補正していき気付かぬうちに、悪いことばかりになっているかもしれません。

良いこと、素敵なこと、楽しいことを
レッツトーク！

第4回「暗号好きな日本人」

「K・Yなら、空気読むだろ！」と、オットが力説しております。

若者言葉ですが、日本人的だなぁと思います。ぼやかすところが。いえ、暗号好き業界用語好きなのかもしれません。

暗号……小中学生の頃は暗号を駆使して友達と手紙のやりとりをしたものです。授業中にまわすスリルとサスペンス！

空気 読めない
K・Y
MK5
なんちゅーのも
昔ありましたね…

万が一先生に見つかっても、読み解かれない創意工夫！ワクワクが止まらない！（「授業中落ち着きがない」という評価が間違いなく通信簿につきますので学生の皆様はマネをなさらないで下さい）

そういった血が流れていると思います。
血ですよ！DNAですYO！

ですが、相対してお話しする時にはその人に合わせた言葉を使いましょう。
言葉は伝えるものです。
相手に伝わるように、真摯に言葉を選ぶことが貴女の品性を磨いてゆくことでしょう。

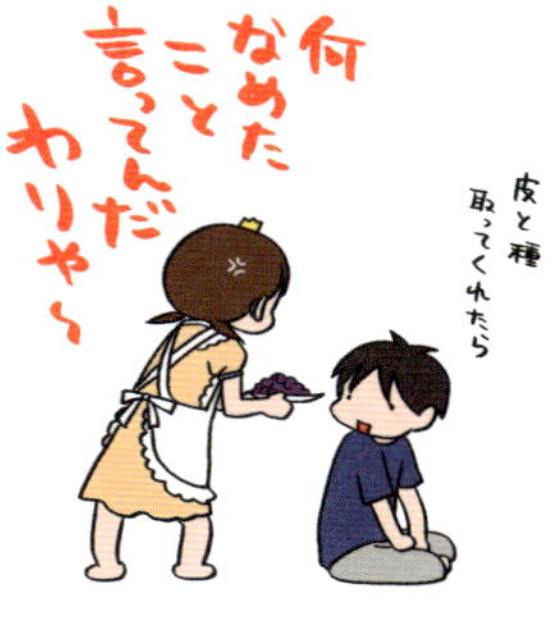
何なめたこと言ってんだわりゃ～
皮と種取ってくれたら

第4章　言葉編 END

第5章

所作編

見返り美人

第1回「エア着物」

テレビを観ていましたら、若手女形のホープ市川春猿さんが所作を美しくするコツをおっしゃっていたのです。

着物を着た時の限定された動きをすればよい。というものでした。

つまり着てるつもりで動くのです。

なるほど！簡単！画期的！

すると足は広げられませんし、手を遠くに伸ばすこともできません。試しにファミレスでやってみましたが遠くのメニューを取るにも、着物だと手はこれくらいしか伸ばせないよな……と、思うと座り位置をすっと移動してから手を伸ばさねばなりません。
すると……おお！なんて美しい動き!!（のはず）

日常生活で徹底させるのは、なかなか難しいかもしれませんが、デートの時などにすぐ活躍するこのエア着物。いざ！実践してみて下さいませ（笑）

第2回「瞬き美人」

学生時代のクラスメイトに、ゆっくり瞬きをする女子がいたのです。うわあ～

お、男殺し！

女のワタシもやられましたが、とにかく魅力的なのです。

体の動きをゆっくりにすると、品が感じられますよね。

あんまりチャッチャカチャッチャカ動くと、元気な感じはしますが、品からは遠くなるようです。

例えば……松○明○さ……うおっほん！うおっほん！

品とは余裕を感じさせることに通じるのかもしれません。

知らないことに遭遇した時、大概の人は慌ててしまうと思います。（ワタシなどその代表ですが）

知識と教養を身につけ、ゆったりと余裕を感じさせる人になりたいですね。

第3回「エスコート」

ステキにエスコートされている時……
あまりない。そうですか。

では、ホテルなどのステキプレイスに行ったとき。ドアを開けてもらうシチュエーションで立ち位置に、まごまごしてしまうことはありませんか?

そんな時に覚えておくと簡単なのが
「ドアノブ側に立つ」です。

ドアノブ側へ
立っと
スマートです
ありがとう…
スイッ

はい！決まった！
それだけでもう、貴女はステキ女子！

ワタクシですか？ええ、もちろん……
最近聞いたので

実践していませんが

そのうちします。オット！開けて！

世の男子はみんな、女子をステキにしてあげたらいいじゃない！みんなでステキになって！

第4回「手元って大事」

美しい所作……
それは物を持った時、差が出たりします。
筆はあまり持つ機会がありませんが、ペン、お箸、等は特に目立ちますよね。
物を持つ時は「基本に忠実な持ち方」を心がけたいものです。

変わった持ち方は、個性的ではありますが一瞬「えっ？」と思ってしまいます。
人に安心感を与えるのが、ルールやマナーの前提になっていると思いますので
品という点においては、プラスには働かないでしょう。

美しい所作から、美しい文字などが繰り出された日には、さらなる相乗効果です。
いいなぁ～字がきれいな人……
幼稚園から小学生までお習字に通い、高校では書道を選択していたワタクシです。

おかしいな……？

に、人間あきらめも肝心★
美しい字が書けなくても、せめて所作は美しく……！
それならできる……！

第5章　所作編 END

マナーレッスンその1

フレンチのお店へGO!編

殿方とおデート
の巻ですわ
担当編集H部さんより
お達しが下る
マナー講師の先生にレッスンを受けますので○日に六本木のザ・リッツ・カールトン東京集合。ドレスコード有です。
おリッツで食事…
ドレスコ～ドォ～～
あわあわあわ
早くもくじける庶民

ホテルの入口が見つからない庶民
ひっそりした入口
あわわわ
THE RITZ-CARLTON
45F モダンフレンチ「フォーティーファイブ」
なんとか間に合った
H部さん
ハーハー
先生登場
よろしくお願いします
はうう上品なオーラがっっっ
セレブリティマナースクールLIVIUM OF GEM諏内瑛末《すないえいみ》先生であらせられます
では、今日はデートのマナーということですので
ご案内いたします
どうぞ
えっ
あっ
ハイッ
進行方向
H部さん
先生
私
お店の人
男性の立ち位置
女性の立ち位置

☆ワンポイント
お店の人の案内がない場合は
男性
女性
となります
女性は常にエスコートされる立場
エスコート…
カァァ
エスコート…
あまり縁のない言葉…
カァァ
椅子をひいてもらって座りましょう
あ、先生
バッグは空いてる椅子に置いても？
背後に置くのかと…
ええ
構いません
バッグが大きい時とか。鋲がついていれば、下でも
でも
☆バッグをテーブルに置くのはNG
（外国ではバッグを床に置くことが多いので）
デートでは小さいバッグがスマートです
トホホ
中途ハンパなサイズ…
お水が運ばれてきます
オサレ～
VOSS
マドンナが飲んでるという噂の水
ナプキンを膝に
なにげに悩むんですよね、コレ…
こうっ
こうっ？
こうじゃないですよねっ、
ヤキニク…
バサッ

私がおすすめしているのは
こう二つ折りにして
手前が閉じてる方
使うときは
はじを持って
くるっと
ひっくり返すと
チョン
チョン
拭く時、手元を
隠せて
戻すと
汚れが
見えない
ファサ
おおおお
こりゃーイイ!!
そしてオーダーは
会話を楽しみながら
ゆっくり、じっくり
選びましょう
自分一人で
さっさと決める
ような男性は…
フゥ…
ダメなんですね
☆ちなみに
男性には料金あり
女性には料金なしの
メニューがくる場合
もありますので
さりげなく探って
あげるのも
気遣いです
フォアグラはどうかしら
そ、そーだね……
今回はランチの
コースを注文
前菜は
メインは
食前酒のかわりに
ノンアルコールの
スパークリングジュースを
アルコールや
スパークリングは
胃を刺激して
食欲を誘うので
食前にいただこう
うまい

ホカホカパン♥
コト
先生、パンて来てすぐ食べてもいいんでしょうか
通常はスープが来てからと言われていますが、お店側も温かいうちに召し上がって下さい、という感じのようです
でも2つも3つも召し上がらないでね♥
☆自分が使う分のバターを取る
パン皿へ
☆一口で食べられる分をちぎる
あーん
ええっ
おっと、一カ所大アウトです
☆ナイフの刃は自分の方へ向ける
重要
バターナイフであろうても
前菜
H部さん タンバル（プリンみたいなの）
私 サラダ
先生 テリーヌ
サラダはナイフとフォークで意外に食べづらいので
デートでははずした方が無難かも
うっ…
パク

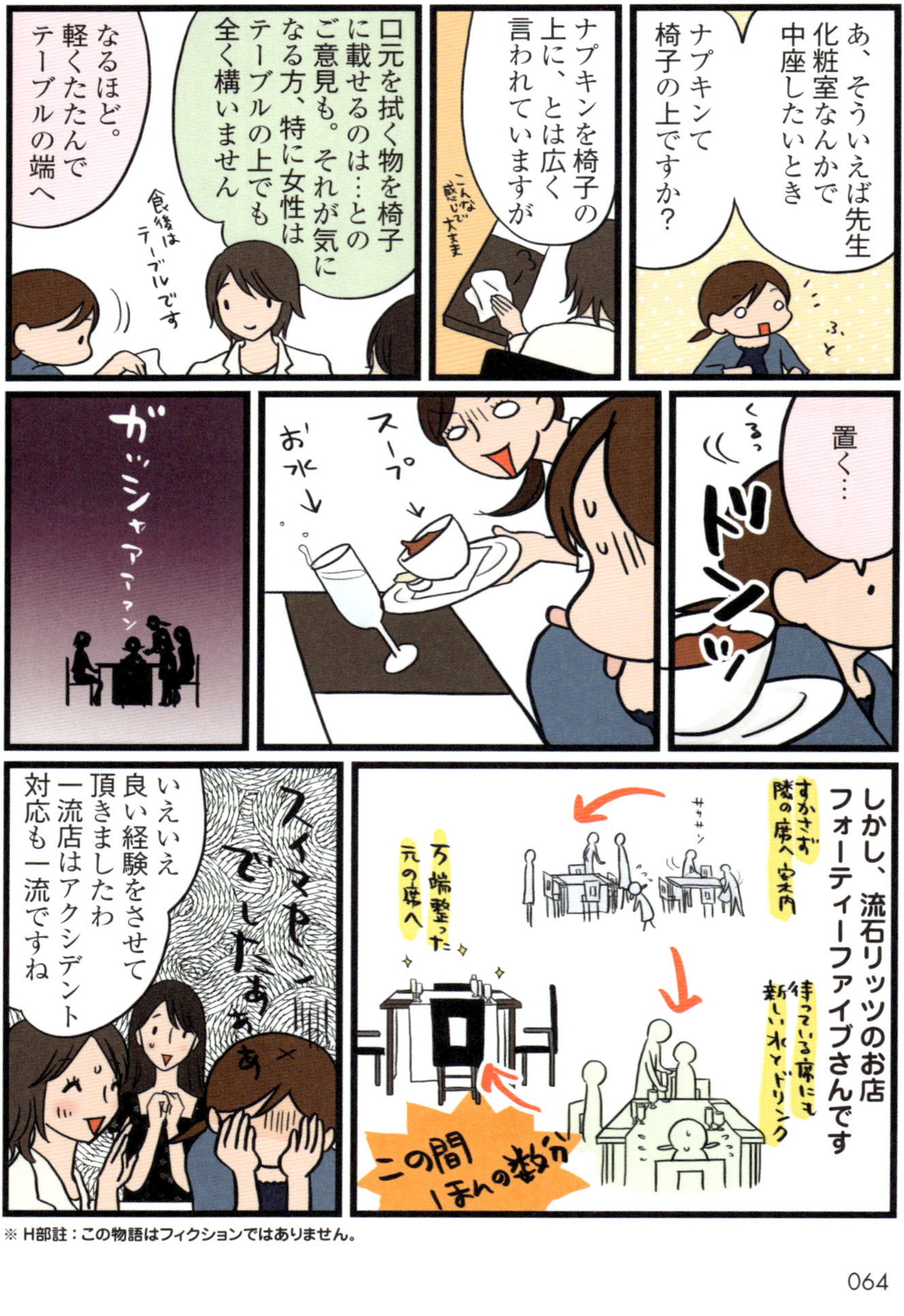
あ、そういえば先生
化粧室なんかで
中座したいとき
ナプキンて
椅子の上ですか？
ふと
ナプキンを椅子の
上に、とは広く
言われていますが
口元を拭く物を椅子
に載せるのは…との
ご意見も。それが気に
なる方、特に女性は
テーブルの上でも
全く構いません
食後はテーブルです
なるほど。
軽くたたんで
テーブルの端へ
置く…
くるっ
ドドンッ
スープ
お水
ガッシャアアーン
しかし、流石リッツのお店
フォーティーファイブさんです
すかさず隣の席へ案内
万端整った元の席へ
待っている席にも新しいお水とドリンク
この間ほんの数分
スイマセンでしたああ
いえいえ
良い経験をさせて
頂きましたわ
一流店はアクシデント
対応も一流ですね

※ H部註：この物語はフィクションではありません。

気を取り直してスープ
スプーンを奥へ動かすのがイギリス式
スプーンを手前に動かすのがフランス式
☆スープが少なくなったら器をちょっと傾けます
イギリス式
奥に
フランス式
手前に
あ、指はひっかけないでね
イギリス式…
個人的には、フランス式がおすすめです…
で、でもひっかけないと倒れそうで…
あらあらじゃ手前が!!!かね
メイン
仔牛のグルナダン
ナイフナイフ
あっ
しまったー
☆刃の向きに注意
この方が置きやすい為つい何度もやってしまう…
NG
☆食事終了の合図はナイフとフォークを揃える
ナイフは内向きフォークは上向き
日本人は斜めに置くことが多いですが、元々は縦か横でした
真下か右横
右横…

せ、先生。右側が置きにくいです…
えっ
なぜ？
？？
ナイフを置きフォークを右手に持ち替えて置く
なるほどできましたっ
考えたことなかったわあ
ふ〜
デザートブッフェ
キャ〜
NG
フフフフ
♪
ストン
☆お皿を置いてから座りましょう
カァァァ
無意識だった…
さらに
NG
なぜへ
☆カップも指をひっかけない
つまむように…
せ、先生落ちそうですっ…
じゃ、じゃあ持ち上げる一瞬だけ左手をそえてみては？

ところで、今、足元ってどうなっていますか？
ひ、ひっかけちゃってます…
意外に周りから丸見えなんですよ
じ、実は足が短くて届かないんです…
えっ、
☆足元にも気を配ろう
ハイヒールがおすすめです…
☆会計はテーブルでスマートに
男性のカード払いが望ましい
今日はH部さんが
なんと、お店からお詫びのシャンパンを一人一本ずつ頂いてしまう
本日は失礼致しました
えっ
原因
まあ
☆スマートに頂く
また伺いますわ
ありがとう
先生っステキですっ
これにてマナー講座修了
諏内先生
リッツ フォーティーファイブ様
ありがとうございました
皆様のお役立ち情報となれば幸いでございます

本編にかききれなかった
お役立ちポイント
乾杯はグラスを合わせない
高いグラスは薄くて割れる可能性がある
お食事前に化粧室へ
映画と同じ基本的に中座しない
左のパンと右のグラスが自分の
あれどっちだっけ？
おしぼりは出ないので、手をしっかり洗っておきましょう
パンもちぎるし

今回の先生

セレブリティマナースクール

「LIVIUM OF GEM ～ライビウム オブ ジェム～」

代表:諏内瑛未

http://livium.blush.jp

従来の固苦しいヨーロピアンマナー教室とは異なり、NY、LA、HOLLYWOODなどのセレブリティ情報をベースとしたアメリカンスタイルのマナースクール。
諏内先生によるプライベートレッスン＆セミプライベートレッスン（90分）は、1名2万7000円、2名1万9000円、3·4名1万3000円、5名以上1万円。※2名以上の料金は1名あたりの金額です。

今回訪れた場所

ザ·リッツ·カールトン東京

モダンフレンチ「フォーティーファイブ」

http://www.ritzcarlton.com/ja/Properties/Tokyo/Dining/FortyFive/Default.htm

六本木の東京ミッドタウン、ホテル「ザ·リッツ·カールトン東京」の
45階に位置するモダンフレンチレストラン。
お食事、お酒はもちろん、東京タワーをはじめとする高層階からの眺望も堪能できます。

【所在地】東京都港区赤坂9-7-1東京ミッドタウン　ザ·リッツ·カールトン東京45F
【ご予約·お問い合わせ】0120-798-688（レストランセールス／平日10:00～21:00　土日祝10:00～17:00）
【営業時間】ブレックファスト6:30～11:00／ランチ11:30～14:30／軽食14:30～17:30／ディナー17:30～22:00
※全席禁煙席　ドレスコード:カジュアル·エレガンス

第6章

師走編

第1回「酔っ払いの心得」

さて、年の瀬も押しつまってまいりました。
色んなイベントが目白押しですがそろそろ始まっているのは、忘年会でしょうか。

品性というテーマであるからして、やはりここは乱れない飲み方を探ってみたいと思います。

初めはゆっくり飲むのがコツだそうです。
かけつけ3杯などはやめておきましょう。

空きっ腹はいけません。チェイサーとして水を飲むのは、かなり効果があるそうです。

意識がしっかりしているうちに

「酔っちゃった……」
と、ゆっくり瞬きに
切り替えましょう。

（おお！前々々回が生きてきます！え？覚えてない？）

そんなの関係ねぇ！年忘れだ！がっつり飲みてえんだーーー！
という場合は、人、場所、体調を調整して
とりあえず品性は忘れましょう。
ま、「忘」年会ですし！

第2回「ホームパーティー」

クリスマスにホームパーティーなどを開かれることもあるかと思います。

お招きされた場合、お約束の時間から少し遅れていくのがマナーでございます。

え、約束の時間の5分前集合じゃないの？と、お思いの方もいらっしゃると思いますがホスト側は、時計とにらめっこしながら超特急で掃除をしたりしている可能性があります。

ワタシですが。

そういう時には普段見えない汚れ達が次々に主張してくるのです。
ああ、ここも！ああ、こんなとこも！と、予定外に時間をくってしまうこともしばしばです。

というわけで、ゲストとしては10分～15分は遅れて到着いたしましょう。
お料理やワインなどの差し入れも忘れずに。
素敵なパーティーをお過ごし下さい（笑）

第3回

「お部屋の掃除は心の掃除」

そろそろ大掃除の季節になってまいりました。なんとなくピカピカな元旦を迎えたくて31日にやろうと思ってしまいます。すると「もうすぐ大掃除するし……」とこの時期最も汚い。

やろう☆掃除！

（自らを鼓舞）

品位ある動きは
よっ
品位ある部屋から…

お掃除のコツとしましては、光り物は光らせることです。
蛇口や鏡がメラミンフォーム（※）でピッカピカですよ。

ガチガチになった五徳は、洗剤を吹き付けてラップをしてドライヤー（温風）で柔らかくなるらしいですよ。

お部屋のお掃除は風水的に良いそうですし2008年のラッキー方位、東と東北を磨き上げて美しい部屋と美しい貴女に……！

（※）メラミンフォーム
ドイツ生まれの新素材で、メラミン樹脂のたわし。汚れがよく落ちることで評判があり、ちょっとした汚れなら洗剤なしでOK。

第4回「日本文化」

いよいよ、本年も終わりに近づいておりますね。

美しく大掃除をした部屋で、心安らかに新年を迎えたいものです。

クリスマス（キリスト教）を楽しみ、年賀状（郵便局のしわざ）を書いて除夜の鐘（仏教）を聞き、ご来光を拝み（太陽信仰？）初詣（神道）へゆくという、そんな日本が大好きです。

生活に根付いたものは文化といってよいでしょう。

どうぞ存分に日本文化をお楽しみ下さいませ。

心の豊かさが品性を育てるのです。

それでは、良いお年を！

第6章　師走編 END

第7章

和文化編

朝顔につるべとられて

第1回「年賀状」

新年あけましておめでとうございます。
ゆみぞうでございます。
本年もどうぞ宜しくお願い致します。

謹んで新年のお祝いを申し上げるなんて
なんと美しい言葉の響き……
そう年賀状です。

そろそろあれじゃないですか

出していない人から
届いていたり
しませんか。

松の内（一般的に元日～7日）までに出せば
失礼はないとは言うものの、会社や学校で会

ってしまってからでは、まぬけな感じは否めません。

でも大丈夫……！日本には美しい慣習……そう！寒中見舞い（年明け1月6日前後の寒の入りから節分までの約30日間に出す）があるのだから……！
間に合う！まだチョー間に合いますとも！

しかしながら、当たっても切手シートどまりと思いつつ、お年玉付きは嬉しいんですよね（笑）
来年はきちんとお出ししましょう。（今度は相手が同じ展開に陥るかもしれません）

第2回「厄除祈願」

こんにちは、本厄ゆみぞうです。
厄年とは、人生の中でなんらかの厄難に遭う
ことが多い年齢だそうです。

昔の人の経験上からできたものだと思います
が自分の意識している体力と、実際の体力の
ズレが大きくなる年齢みたいですよ。

平成20年でいいますと
男性は
昭和59年生、42年生、23年生
女性は

平成2年生、昭和51年生、昭和47年生が、本厄となり、その前後が前厄後厄になります。

女性の30代はほとんど厄年じゃないか……！
それだけ体調の変化が大きいということでしょう。

気持ちの問題ですが、ここはひとつレッツ厄除祈願☆

かしこみかしこみと、神聖な気持ちとなり先人の知恵に感謝しつつ爽やかに平成20年も品性を磨きましょう。

第3回「地下足袋」

去年大流行しました、ビリーがブートでアレ
などのお家でやるエクササイズをする時
何かこう、すべり止めになるようなものは
ないだろうか……運動靴はごついし……
と、思いついたのが地下足袋です。

ピッタリとフィットしそうだし
これはナイスアイデアなのではなかろうかと
早速ネットで検索……

す、すごいことになってる――――！
デザイナーズ地下足袋とか!!

色や柄もとりどりでバスケットシューズのようなものもあります。
だんだん和風から遠ざかっている気もしますが工夫してどんどん変えていくのが得意な日本人ですから、これこそ和風なのかもしれません。

どうでしょう地下足袋。
一度お試しになってみては。
そして2008年を地下足袋の夜明けに（笑）

第4回「正座の心得」

本日で和文化編は最後でございますが、和といえば逃れられないのが正座。しびれに顔をゆがませず、美しく正座をしたいものです。

知り合いのお坊さんに
「しびれない正座方法はないか」
と、問うたところ
「正座はしびれるものだ」との解答。
身も蓋もございません。

「ただし、しびれを早く取る方法はある」とのこと。おお！それを早く言って下さいよ！

まず、正座中は動かない方がかえって楽なのだそうです。あきらめて感覚がなくなるまで座りましょう。

そして、立ち上がる前に足首を反対側のアキレス腱にのせる感じで左右交互に30秒ほど押します（右図）

その後、足先を立てかかとにお尻をのせて30秒ほど押します（左図）

これで楽に立ち上がることができるそうです。豆知識、お役に立てば光栄です。

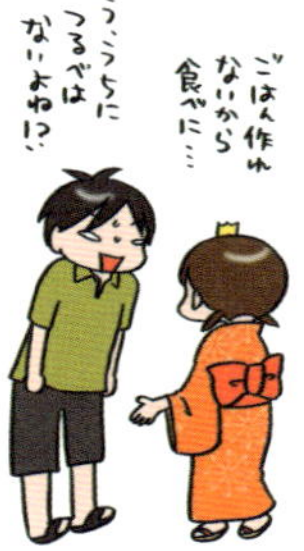
ごはん作れないから食べに……
う、うちにつるべはないよね!?

もらい飯

第7章　和文化編 END

第8章

国際編

第1回「ことわざ」

「郷に入っては郷に従え」という諺が日本にありますが英語でも古くからある諺
When in Rome, do as the Romans do
（ローマではローマ人のするようにせよ）
なのでそこそこ多くの地域で通用する感覚ではないでしょうか。

では逆に、郷の側に立った場合。
相手がこちらの常識に外れていることをした時、眉をひそめたり、ましてや怒り出したりするのはいかがなものか。それはゴー慢な気がします。

否定をするのは簡単ですがそこには品は感じられないと思います。

相手に安心感を与えるのがマナー。

迎える側も迎えて貰う側も、お互いにそれを意識すれば、大きな問題は起こらない……と、思うのですがこれも日本的な考えかもしれません（笑）

第2回「アムールの国の作法」

友人はフランス人男性の知り合いに断っても断っても、忘れた頃にまた口説かれるそうです。

しかも彼女は彼の妻の友人なのにもかかわらず。

「君は結婚してる人とは付き合わないタイ

プ？」
と、何を悪びれることもなくフツーに毎度毎度口説くんだとか。

さすがアムール（愛）の国……
不倫は文化という例のアレも通用してしまうのかっ!?
もしかしたら、フランスでは口説くのが礼儀なのかもしれません。

環境が違えば、マナーも変わるのが当然です。
どれが正しいということはありえません。
まず「違い」を「知る」ことが大切なのではないでしょうか。

第3回「ORIGAMI」

最近、折り紙が静かなブームなのか色んなところで大きくコーナーが取られていると知人に聞いたのです。

折り紙か〜、むかし外国人に喜ばれると聞いて海外旅行でベッドメイクのチップと一緒に置いたりするの流行りましたよね。や、やりました（赤面）

11月11日は「おりがみの日」だそうです。

1を4つ組み合わせると、折り紙の形である正方形になることと、この日が世界平和記念日でもあることから、世界平和に貢献できればという想いが込められているとか。

外国でも「ORIGAMI」で通じるそうです。

世界に羽ばたく折り紙……う、美しい！

折り鶴しか覚えていませんが、もうちょっと覚えておくと、世界平和にまた一歩貢献できるかもしれません（笑）

折り紙で国際派素敵レディに!?

第4回「カルチャーショック」

だいぶ前なのですが、テレビ番組で外国（たしかトルコ）の歴史ある温泉施設の紹介をしてました。その国では、体を洗うためのタオル等を使う習慣がないそうで、せっけんを手で泡立て、なでるように洗っていたのです。

え！手だけ？ちょっとカルチャーショック！

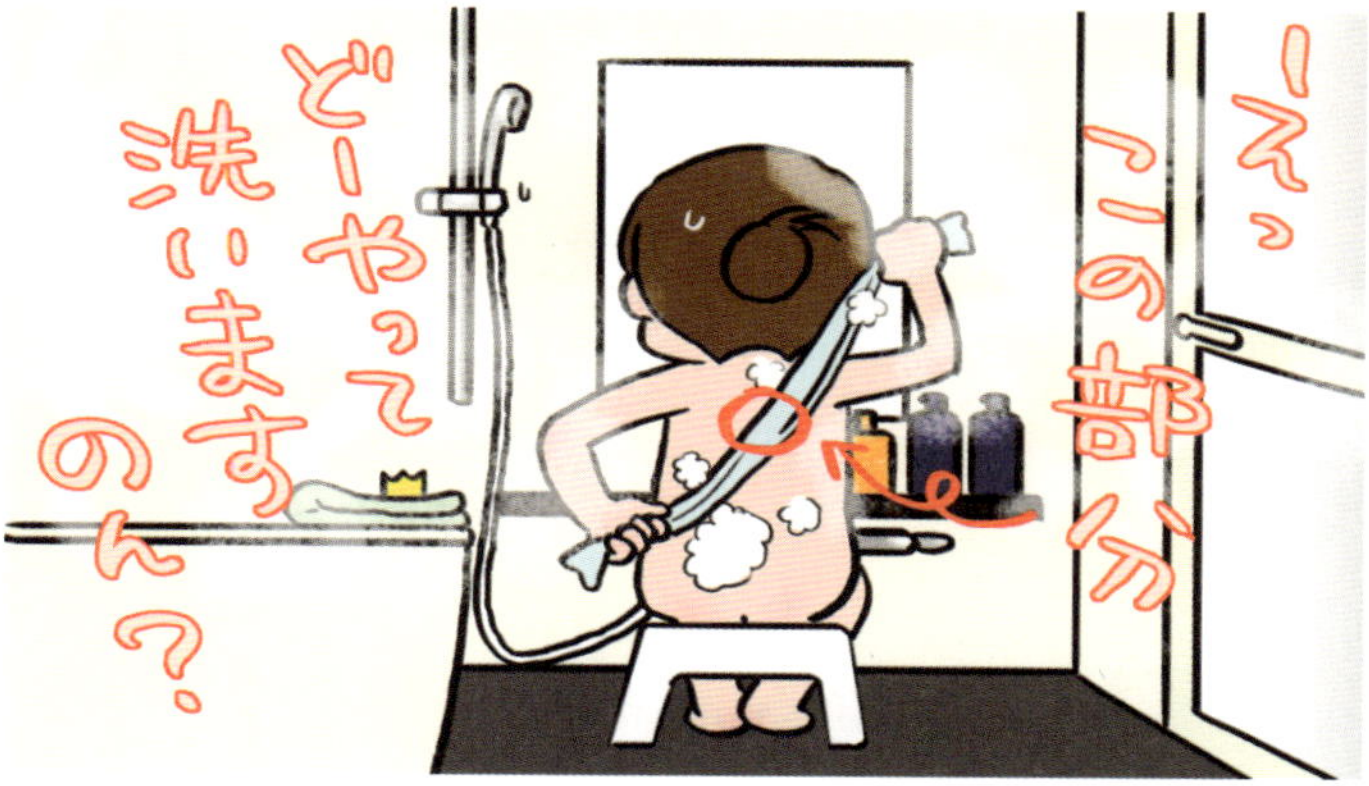

いえ、その方がお肌には優しそうな気はしますが何かで洗う思いこみがあったのです。

身近で普通なこと程、常識だと思ってしまう落とし穴よ……！

家庭から離れれば離れるほど、常識は大きく変化してゆきます。

けれどそのカルチャーショックこそが人間性を豊かにしてくれることでしょう。

本で読んでもいいし、実際に出かけられれば、なお良いと思います。

レッツ！カルチャーショック！

第8章　国際編 END

第9章

恋愛編

第1回「恋の距離感」

品性でも磨いてみようか（覚えてますか？題名？）恋愛編です。

品性は理性に近いですが、恋愛は本能に近いので一般常識と違う方が燃え上がったりするわけです。

ただ、好きな人というのは一番気になる「他

人」です。生まれも育ちも考え方も違うことを、念頭に置きましょう。

話したこともないのに、恋人と思いこめばストーカーですし
初めてのデートで古女房のように振る舞われても困りますし
いつまでたってもよそよそしくては信頼できなくなります。

恋愛といえども、距離感は大事です。

ああ、でもそんなものをぶっとばして邁進したいのが、恋愛ですよね（笑）

第2回「上級テク」

同じ結果が得られるとしたら、左のセリフは上級テクニックです。

実はこれ実体験でして左は友人で、お伺いすると旦那様がばっちり紅茶を用意してくれていたのです。

お土産にケーキ買ったよ すぐ食べられる様、紅茶 いれといてもらえる？
エヘヘ
ウフフ
お土産にケーキ買ったよ 一緒に食べようよ。お湯 沸かしといてもらえる？

な、なんて物は言い様なの——!!

お湯を沸かすのは簡単ですが食べるのはケーキ…さりげなくヒントはあります。

もちろん旦那様の気が利くということもあるでしょうが、いつも相手への配慮がある二人だからこそ、気を利かせてあげようと思うのではないでしょうか。

日々の些細な言葉が、自分と自分の周りの環境を作っているのですね。

第3回「誠実と誠意」

恋愛というのは
何から何まで彼のことが知りたい。
ワタシの心の内も全て知って欲しい。

お口に チャックも
時には ひ・つ・よ・う

そんな風に考えてしまうことがままあるのではないでしょうか。

そこで、なかなか微妙な問題なのが『誠実』と『誠意』です。
この二つは似て非なるものです。

自分の心に誠実に生きることは相手を傷つける可能性があります。
真実が、正直が、その場に適したチョイスとは限りません。

人間、誠実にばかりは生きられません。
大切な人だからこそ、精一杯の誠意を。

第4回「理性と感情」

品性といえば、理性や思いやり、時にはやせ
我慢等が必要となってきますが

恋愛となると、そうも言っていられません。
常に理性的な対応をしていては心を開いていないと思われてしまうこともあるでしょう。

本能！感情の発露！
そういったものも重要なファクターとなってきます。

時には品性は忘れてしまって下さい。
しかし、忘れっぱなしではやはり人間関係、うまくはいきません。

メリハリをつけて素敵な恋愛を！

第9章　恋愛編 END

第10章

社会人編

第1回「新入社員の心得」

さて、社会人編です。
新入社員さんが入って来る季節ですね。

友人曰く、「新人さんというのは、思っていたよりずっとかわいい。初々しくて、素晴らしい！私に足りなくなったものはコレだ……いや、先輩としてしっかりとしなくては！」
と、こんな風に感じているようです。

新人は何でも聞ける特権があります。
うんと先輩から吸収して下さい。

ある程度吸収した後が、また大事です。
周りを見て、充分わかった気になっていても

思ったよりもわかっていない

と、心に置いておくとよいです。
自分が知らないということを知っている無知の知、謙虚さは社会人としてとても大事なのです。

第2回「感謝の言葉」

仕事というのは、一人でできることは稀で大抵は人間関係が絡むもの。

お金を頂く限り、業務をきちんと遂行するのは当然だとしても

そのもう一歩先が大切です。

業務をただ流れ作業でこなすのではなく、
一緒に仕事をする人が仕事をしやすいように、相手の立場に立ってみる。

「お願いします」「ありがとうございます」「お疲れ様です」「助かります」等の言葉や笑顔は、大きなパワーになります。

打っても響かない人とどうして一緒に仕事をしたいと思いましょう。

謙虚な態度がキラリと光る
それが社会人です。

第3回「偉人の言葉」

上のセリフは、

「松下電器はどのような会社ですか?」

という質問に答えた、松下幸之助氏の有名な言葉です。さすがは昭和の偉人です。


ワタシは会社というものは、大小はあれどプ〇ジェクトX的な感動があるに違いないと思

人を作る
会社です。
あわせて
家電を
作っています。
なんか
感動…
すごいわ
すごいもす

いこんで社会人になったのですが
よ、世の中には、働かずに給料をもらって
いる人が結構いるんだなあと、驚愕しました。

色んな生き方があって当然ですが
働くことと生きることは、ほぼ同義だと思う
のです。
どうせなら誇りを持って仕事に臨みたいもの
です。

日々積み重ねたものは
振り返ると驚くほど大きくなっていて
自分を形作るのだと思います。

第4回 「どっちが安心？」

社会人として何より大切なのは「信用」です。「品性」にも通じますが、要は相手に安心感を与えることです。

もし腕が同じの、黒衣の医者と白衣の医者がいたら私は、迷わず白衣の医者をチョイスします。

その不安を覆すほどの、卓越した能力があれば「個性」として逆に売りになりますがそこに到達するのは、並大抵ではありません。

見た目で判断するなんてというのは、第三者が言うセリフで本人が言っても相手の心には届かないでしょう。

仕事の能力以外で損をするのは大変もったいないことです。

基本的には、清潔感、言葉遣い、笑顔がやはり欠かせないアイテムなのです。

油断大敵

第10章　社会人編 END

第11章

食事編

蓋のあけ方

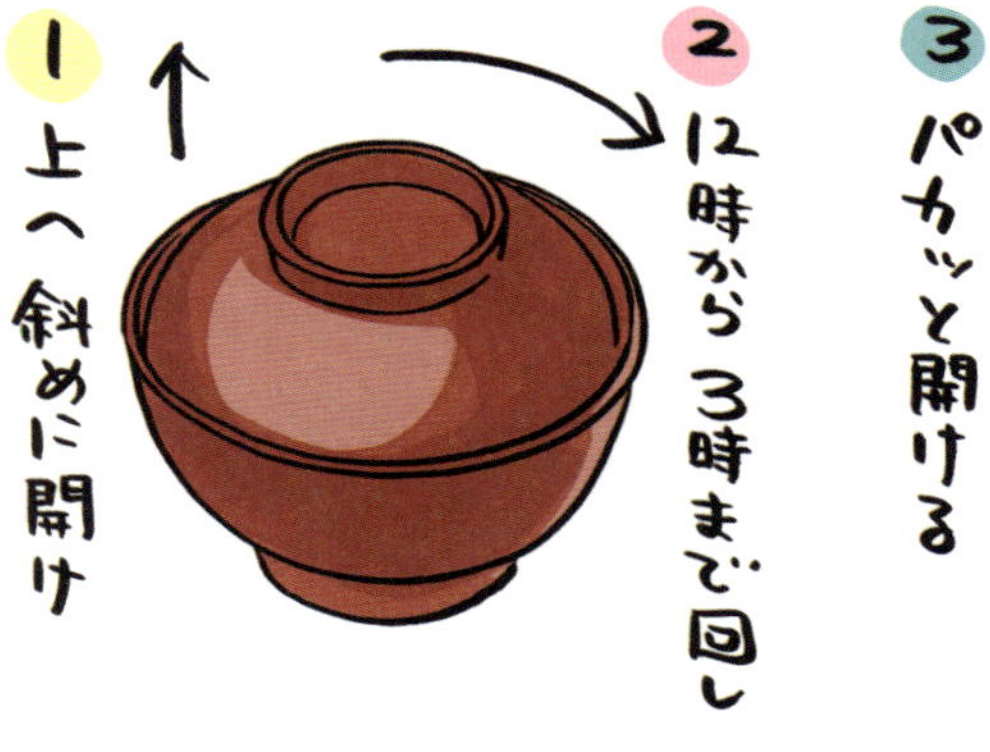

1 上へ 斜めに開け
2 12時から 3時まで回し
3 パカッと開ける

第1回「口紅」

さて、お食事編となります。
女性として、バッチメイクをしていると
グラスやカップに口紅がつくのは、どなたも

ご経験があるかと思います。
数年前、テレビでデヴィ夫人が
カップに口を付ける前に、唇を少し濡らして
おけば、つかないんでござぁますのよ
ホホホホホホとおっしゃっていました。

ナイスです！夫人！
簡単で技有りです！

カップや手でそっと隠してぺろりとするか
いっそのこと、扇情的に殿方を誘惑してみる
のも手かもしれないでござぁますわよ。
オホホホホホホホ

第2回「好き嫌い」

私は、人とのお食事の際に、好き嫌いを主張する人があまり好きではありません。
どのように嫌いかを主張されても

で？

としか思いません。
言われた方がそれを好きだった場合
テンションだだ下がりです。

好き嫌いがあっても、勿論かまいませんが
主張はせず、心の中で食わず嫌い王に
なってほしい！

アレルギーがある場合を除き
自分は女優だと暗示をかけて下さい。
それが大人の態度だと思うのです。

第3回 「食と性の関係」

食事の仕方と性行為には通じるところがある……などと、巷ではよく言われておりますが個人的には、あまりピンと来ません。

いや待て、思い返してみればお付き合いをはじめた当初は、そんな妄想を持って見ていた気もします。

イギリスのモアリウス・ヤッフェという心理学者によれば

食べ物に注意を払ってゆっくり食べる男性は、性感が高く

ただひたすら早く食べる男性は早……ウォッホン！ウォッホン！（察して下さい）

ということです。

実際はどうかわかりませんが

そうイメージされるということはありうると思います。

美味しいものを素敵に食べましょう★

第4回「いただきます」

「いただきます」にあたることばが外国語にはあまり無いそうです。

由来には諸説あるようですが、食材そのものや、農家の人や漁師さん、そして、料理してくれた人への感謝のことば。

という風に認識している方が多いのではないでしょうか。

なんて美しい感謝の心……！

ところが我が身を振り返ると、結婚してから

あまり言っていないんですよね、私。
「いただきます」とオットに言われて
「はい、どうぞ」と答えているだけ。

そうするとやはり我が家では料理してくれた
人への感謝のことばという点に重きを置いて
るのかな、と感じます。
挨拶に近いような。

いえ、挨拶だとしても後世に残したい美しい
風習だと思います。
もっと積極的に言っていこうと思うゆみぞう
でございました。

いきなり開けると…

第11章　食事編 END

第12章

ボディケア編

第1回

「ボディメイク美人への道」

いよいよ「品性でも磨いてみようか」
最終章ボディメイク編です。

品性を感じるには、内面からにじみ出るもの
は勿論ですが
見た目もある程度大切です。

楽してボディケア
無理
魔法とかで何とかならんか
白い歯
たるみ
毛穴
臭い
てかり
しみ
しわ
手荒れ
枝毛
かかと

特に女性は追求すればエンドレスです。
スキンケア、ヘアケア、むだ毛、セルライト
……
もう、はっきり言ってしまいましょう。

お金

手間

恋

の、どれかが必要です。
それしかないのです。
それしか……ないのです……っ!!

第2回「指先も美しく」

ネイルサロンてございますよね。
一生、縁がないと思っていたのですが昨年からワンコを飼いはじめまして、月に一度のシャンプーをしに行くようになったところ、なんとそのお店にはネイルサロンが併設されておりまして、ワンコを待つ間に飼い主様もキレイに……てな感じになっているのです。

な、なんてうまい商売なの――!!

一度やったら
やみつき
ごくり

ものは試し、と一度やってみたら
止まらなくなってしまいました。

ついつい手の動きをキレイにしてみたりして
しまいます。

前回書いたところでいう

〝金で解決〟

という強引技ですが、単純に
やっぱりキレイなのはイイナ……
そう思った次第でございます。

第3回「犬を飼って痩せる!?」

ボディは見た目も重要ですが
中身も大切なことは言うまでもありません。
体を動かす機会がぐっと減った現代
生活習慣病に要注意です。

強制運動不足
解消システム
ヒー
ハー

だいぶ前になりますが、テレビで関根勤さんが「犬を飼って7キロ痩せた」と確かおっしゃっていたのです。

昨年から子犬を飼いはじめたワタクシも朝、夕、晩、の散歩（散走？）によって

全く
体重に変化がない

そんなミラクルに見舞われてはいますが確実に体力はついていますっ！
環境が許すのであれば、
犬…お薦めです……

第4回「鏡よ鏡」

髪はサラサラ
爪はピカピカ
ひじひざかかとの手入れは行き届き
むだ毛や贅肉がなく
決してセルライトもない
みんなにステキジョシとよばれ
口、脇、足だって
爽やかスメル
そういうものに

わたしは　なりたい

うん、まあね、言うだけはタダですしね。

普段いるところに映るように鏡を置くといいですよ！

……て、偉そうに、品性を感じるボディメイクに必要なのは、金・手間・恋とかほざいたのはこいつか！こいつなのか!?

いいのか！最終回こんな締めで!!

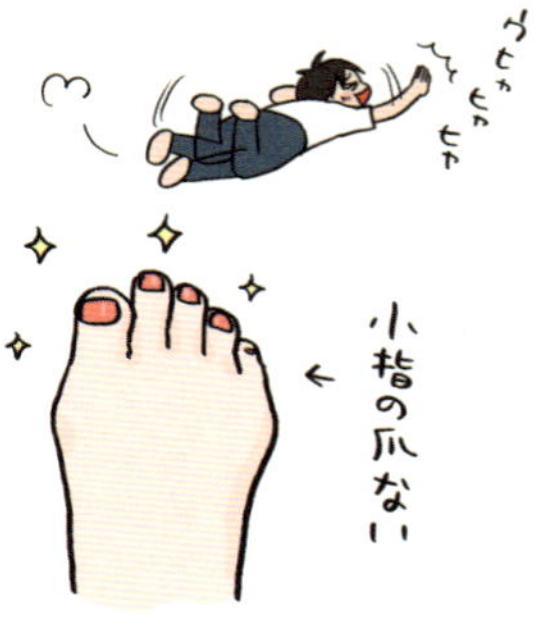

第12章　ボディケア編 END

マナーレッスンその2

お宅訪問の心得編

おじゃまいたします
担当編集H部さんよりお達しが下る
テレビによく出ていらっしゃる近藤珠實先生の予約が取れましたので○日に地下鉄市ケ谷駅A3出口集合。着物で行くのもいいかと。
知ってるよ〜有名人だよ〜
早くもくじける庶民
着物はムリだよぉ〜

A3出口がなく
3番出口に出てしまう
で、電話してみよう……
H部さ～ん
プルルル
案の定、間違えていた一般人
ヒーハー
ギラ ギラ
着物じゃなくてヨカッタ……
遅れまして
申し訳ございません
まあまあ 大丈夫？
『清紫会』新・作法学院の近藤《こんどう》珠美《たまみ》先生であらせられます
事前にH部さんが用意してくれた手土産を……
渡し方の練習になるかも
あああっ ありがとうございます
気付かなかったっ
慌てて渡す
つっつつ つまらないものですが
ありがとうございます
後で練習しましょうね
わたわた

今日はマナーについてということで
よろしくお願いしまっす！
ハイッ
ハイッ
近藤先生はテレビでみたとおり明るく優しく
そうですね何故マナーを学ぶかというと
面白い人だった
その方が絶対
得だから
マナーの本質というのは
あなたの態度が相手から見て良いか悪いかってことなの
この人は自分をどう扱うか自分を中心に皆が思っている
それが人の心
お互いに
どうくる
どうくる

好感を持つ人というのは自分を認めてくれる人のことなのね
認めてくれる人ですか
逆に認めてくれない人には、仕返しをしたくなるんです
し、仕返し？そこまでは…
例えば店員さんが失礼なお店にあたったら
いらっしゃいませー!!
ドン
言いふらしたくならない？
あの店ひどいって
なります！なります！
それ仕返しなのか〜!!
作法というのは相手を大切に想っているという心の表現
いらっしゃいませ
ニッコリ
あ どーも
ニッコリ
いい店だ…
その作法も時と場合によって使うか使わないか崩すかを考えて
時には下品になることも必要！
だって友人に礼儀正しくばかりしていても…
おお!!
ただのよそよそしい人ですね!!
でもやっぱり近年どんどんマナーが悪くなっていく傾向があるでしょう
電車でメイクとか？

もう先生の話術に夢中…

戦前は封建社会だったから、完全な礼儀社会だったの
身分が上の人に失礼があったら…
下手したら殺されちゃいますもんね
うんうん
バサーっと
それで失礼がないように作法が出来てくるわけだけど
皆が認めるルール
目線は下
目線は上
よきにはからえ
ハハー
その時代は上の人にだけ気を付けておけばよかったのね
ところが今や民主主義で皆が同権だと思っているわけ
上司だろうが
部下だろうが
つまり現代は
現代は？
ありとあらゆる人へのマナーが必要という封建社会以上に作法が大切な時代なのです！
あ〜大変
オー
オオー
パチパチ
パチパチ

と、いう訳で実践していきましょうか
ははーっお願いしますっ
ガタ
ガタ
お手本を鶴重さんにお願いします
にっこり
じゃあ玄関から…あ、遅刻はしないようにね
スミマセンッ
フフフ
約束の時間から2〜3分後がいいでしょう
軽くご挨拶
おまねきありがとうございます
正面のまま靴を脱ぎ
お家の人にお尻を向けないようにしゃがみ
ナナメにすっ
手を返して靴にいれ
ひっくり返して
くるっ
端へ置く
お部屋へ入ってあらためてご挨拶
お土産を渡す
袋から出して相手に向ける
タイミングは合ってたけど袋のままだった〜
ヤ〜
勧められてから
どうぞおかけ下さい
失礼します
席に着く

先生、手土産が風呂敷だった場合なんかは…
じゃ、それは和室でやってみましょう
星野さんも
風呂敷は
こうでなく
包んでおくだけ
この方がスマートに取り出せます
ピシッ
こう持とう
和室編
座布団には座らずご挨拶
手土産を渡す
お口にあいますかどうか…
サササ
開いた部分を折りつつ広げると
くるっと
最後キレイ
勧められたら手と膝を使って
よっ
ズッ
ズッ
手はひらかない
2〜3回で座布団に座る
フー
重要
座布団は踏まない
(高級品だった名残り)
帰る時は同じように後ろへ
よっ
ズッ
ズッ
手はひらかない
荷物などを持って

ブブー
立ち上が…
ースッ
+正解+
足を立てて
立ち上がる
ココ
長らくやってなかったわ〜
この動き…
帰りは靴がはきやすいよう戻してあるので
そ、そうだったのか
覚えておこう…
ワタシの
スッとはいて
スッと…
うっ
着脱しやすい靴がオススメです…
ボタンつき…
そっ…と
扉を閉めます
失礼いたします
パタン
がんばりました〜

こういう事を身につけておくと、自然とキレイに見えますよ
はい。普段身についていないのでオタオタしてしまいました…
この間、うちの生徒さんが彼の家に結婚のお話で伺ったら、彼のご両親にすっごく感心されたって
嬉しそうに報告してくれたんですよ
ああっ！そりゃそーですよね！このお嬢さんなら安心だと思われますよ！
ガーン
なるほどっ
そーそー
近藤先生 鶴重さん ありがとうございました〜
得だ 得だ!!
コクコク
同感です…
未婚の娘さんゼッタイ行っといた方がイイと思う!!

今回の先生

清紫会 新・作法学院

学院長:近藤珠實

作法教室「清紫会」新・作法学院学院長。作法の伝統理念を大切にしつつ、現代の生活に合わせたわかりやすいマナー指導を展開。執筆、テレビ、講演、社員教育、学校教育など幅広く活躍中。
著書に『冠婚葬祭とおつきあい「いまどき」マナー事典』(主婦と生活社)、『子どもを伸ばす しつけのチカラ』(扶桑社)など。

今回訪れた場所

「清紫会」新・作法学院

http://www.seishikai.co.jp/

授業は実技と講義の1回2時間。入門コースの教養科 (24科目)、中級コースの専科 (22科目)、上級コースの師範科 (44科目)からなり、受講料2000円で教養科の体験入学もできます。

【所在地】東京都千代田区九段南4-7-22メゾン・ド・シャルー404
「清紫会」新・作法学院本部教室
【TEL】03-3265-7665 【FAX】03-3237-3466

品性でも磨いてみようか

あとがき

最後まで読んでいただき、ありがとうございます。

この本は、女性としてさらなる高みを目指すべく、
興味を持って手にとって下さった方にとっては、
おそらく期待はずれな内容になってます（苦笑）。
だいぶお笑い寄りなことをお許し下さい。

この本は一年間、WEBダ・ヴィンチで
掲載したものを、まとめていただきました。
いやはや、ずいぶん悩みました。

編集さんとの話し合いの結果
「品が無い、品が無い」と他人を指摘している人の姿からは
なぜか品を感じないね？と言ったところから始まり
品性というのは「思いやりの発露」なのではないか、
という方向性で書きました。

相手に配慮することは、基本的に日本人は
普段意識せずともやっていると思います。
なぜそう思うのかと言いますと

『ニューズウィーク日本版』の英国人記者コリン・ジョイスさんのコラムに
電車で二人組の前で一人分の席が空き、席に座った方が
立っている友人のバッグを持つという場面を見て

ささやかだけど、優しさに満ちたこの行為を
他の国では見たことがない、とありました。

え？ふ、普通じゃない？それ？
と思う自分は、とても恵まれた社会に
生きているのだと気付きます。

情けは人のためならずというか、ペイフォワードというか
全体が良くなるという「流れ」が大切じゃないでしょうか。
どうもメディアでは、悪いほう悪いほうのニュースを
流しているきらいがあります（モンスターペアレントなど）。
ですが百年、千年かけて培ってきた気質は
そうそう簡単に変わっていないと思います。
どうか、悪いニュースに影響されないで。

個人の行動は、結果的に全体のものになります。
その良い流れの一人になって下さいというのが願いです。
自分もその一員たれと願い、筆を（もとい王冠を）おきます。

最後に、協力して下さった編集の服部さん
セレブリティマナースクールの諏内瑛未先生
清紫会 新・作法学院の近藤珠實先生
デザイナーの関さん
この本を手にとって下さった皆様
ありがとうございました！

品性でも
磨いてみようか

2008年9月26日　初版第1刷発行

著　者　ほしのゆみ
発行人　横里 隆
発行所　株式会社メディアファクトリー
〒104-0061
東京都中央区銀座8-4-17
電話　0570-002-001（代表）
03-5469-4830（ダ・ヴィンチ編集部）

装　丁　関 善之（株式会社ボラーレ）
DTP制作　川里由希子
印刷·製本　株式会社廣済堂

ISBN978-4-8401-2435-5　C0095
Printed in Japan

本書は、「WEBダ·ヴィンチ」にて、2007年7月から2008年6月まで
連載された内容に、一部書き下ろしを加えたものです。